KB050228

자
카
르
타
에
게

천년의시 0125

자카르타에게

1판 1쇄 펴낸날 2021년 12월 7일
지은이 서미숙
펴낸이 이재무
책임편집 박은정
편집디자인 민성돈, 장덕진
펴낸곳 (주)천년의시작
등록번호 제301-2012-033호.
등록일자 2006년 1월 10일
주소 (03132) 서울시 종로구 삼일대로32길 36 운현신화타워 502호.
전화 02-723-8668
팩스 02-723-8630
홈페이지 www.poempoem.com
이메일 poemsijak@hanmail.net

서미숙ⓒ, 2021, printed in Seoul, Korea

ISBN 978-89-6021-604-4
      978-89-6021-105-6 04810(세트)

값 10,000원

*이 책 내용의 전부 또는 일부를 재사용하려면 반드시 저작권자와 (주)천년의시작 양측의
 동의를 받아야 합니다.
*잘못된 책은 바꾸어 드립니다.
*지은이와 협의에 의해 인지는 생략합니다.

자
카
르
타
에
게

서 미 숙   시 집

천년의
시 작

시인의 말

강산도 변한다는 십 년 세월을 두 번이나 보내고도 몇 년을 더 인도네시아 자카르타에 터전을 두고 살았다. 수년 전부터 아이들이 한국으로 대학을 오면서 한국과 인도네시아를 왕래하는 삶이 되었다. 작년에 시작된 코로나19로 한국에 발이 묶이면서 두 나라에서 살아왔던 지난날의 기록을 꺼내 보았다. 두 번째 시집을 묶는다. 고국을 떠나 오래 산 제2의 고향, 젊은 날 대부분을 보낸 곳, 따뜻했고 나름의 열정을 불사른 인도네시아 자카르타! 전 세계에서 한류가 으뜸인 나라, 한국 음식을 좋아하고 아이돌그룹에 열광하는 나라, 내가 살아온 인도네시아가 자랑스럽다. 코로나19로 마주하지 못하고 이렇게 떠나와 있으니 더욱 그곳이 그립다.

마스크 안으로 적도의 익숙한 추억의 향기가 스미는 듯하다. 전 세계 방역 정책과 코로나 거리 두기로 소소한 일상의 소중함을 깨우치며 긍정하며 바라보고 있다. 한국에서 또 한 번 가을을 보내고 있다.

2021년 11월
서울 인왕산 자락에서

차 례

시인의 말

제1부

반둥 소녀 ——— 13

깜보자꽃 ——— 14

오후 적도 ——— 16

고양이 부부 ——— 18

뿐짝에서 ——— 20

인왕산 ——— 22

책갈피를 열다가 ——— 24

와양 ——— 26

무궁화 ——— 28

열세 송이 꽃들에게 ——— 30

지옥의 향 천국의 맛 ——— 32

부겐빌레아 ——— 33

나무들의 연주회 ——— 34

삼월 봄날에 ——— 35

행복 ——— 36

제2부

아카시아 나무 ——— 41

맛집 기행을 하다가 ——— 42

불면의 밤에게 ——— 43

강릉 ——— 44

해운정사 ——— 46

매미 ——— 47

아름다운 배려 ——— 48

광안리 가는 길 ——— 49

봄을 기다리며 ——— 50

광화문 ——— 51

인생의 봄날도 머지않아 ——— 52

겨울 여행 ——— 54

청평사 오르는 길 ——— 56

경주 달밤 ——— 58

제3부

선유도 ——— 61

대진항에서 ——— 62

환경미화원 ——— 64

코코넛 껍질처럼 ——— 66

새벽부터 비가 내리고 ——— 68

비문증 ——— 70

비는 가슴으로 ——— 72

장례식장에 다녀온 날 ——— 74

목련이 피었나 봅니다 ——— 75

바람이 찾아온 새벽 ——— 76

가시 꽃 ——— 77

레이저로도 지울 수 없는 ——— 78

제4부

달팽이를 보며 ——— 81

반가운 손님 ——— 82

오래된 그림 ——— 84

시간과 놀다 ——— 85

고국의 봄에게 ——— 86

비스트로 단상 ——— 87

프리다 칼로 ——— 88

햇살 좋은 오후에 ——— 90

십일월 ——— 92

낙엽 초대장 ——— 93

화양연화 ——— 94

적도의 테라스에서 ——— 96

스콜이 지나갈 때면 ──── 98

나는 전사처럼 살아 있다 ──── 100

코로나19가 준 선물 ──── 102

나는 자카르타에 부재중이다 ──── 104

어떤 동화 ──── 106

국립의료원에서 ──── 107

마음이 먼저 웃다 ──── 108

코로나 안부 ──── 110

갯마을 환상 ──── 112

자카르타에게 ──── 114

하늘이 폭포 같은 눈물을 쏟으며 ──── 116

내 사랑 인도네시아 ──── 118

해 설

공광규 적도의 노래에서 인도네시아 사랑으로 ──── 121

제1부

반둥 소녀

소아암을 앓고 있는
푸른 눈빛을 한 여섯 살 반둥 소녀는
내가 읽어 주는 동시 그림책을
가녀린 눈동자로 스캔하고 있다

내 낭독 목소리 속으로 빨려 들어오는
소녀의 처연한 눈빛
시든 나뭇가지를 닮은 가느다란 손가락을 뻗어
책갈피를 어루만지는 소녀

"선생님!
새소리와 풀벌레 소리가 들리고
연꽃과 구름과 해와 별들이 담긴 연못은
어떤 나라인가요?"

소녀의 눈빛은 어느새
그림책 속 푸른빛이 흘러내리는
고국의 월산과 청태산까지
나보다 먼저 가 있는 듯하다

깜보자꽃

아파트 정원에 붉은 깜보자 꽃잎
외할머니 댁 시골 담장에 둘러서 있던
봉선화 생각이 난다

사과 과수원 한쪽 귀퉁이에서
부끄러운 듯 수줍은 입술로
방긋방긋 나를 맞아 주던

싸리 울타리 아래 줄지어 서 있던 너를
쪼그려 앉아 바라보다
떨어진 꽃잎을 고무신에 주워 담던

행여 비바람에 꺾일까
밤새 뒤척이던 마음을
늦게 온 애인처럼 너는 알았는지

귀뚜라미 밤새워 울던 날
빨갛게 연등을 켜고
서울내기인 나를 배웅하던 너

\>

지금은 먼 나라로 떠나와

울타리 아래 서 있던 너를 생각하며

깜보자 꽃잎을 만지고 있다

오후 적도

문학 모임에 도착하니
회원들의 표정이
적도에 피어 있는 다양한 꽃들 같다

회원 한 명이 시를 낭송하는데
열려 있던 창문에서
나비 한 마리가 날아 들어와
회원들 머리 위를 춤추듯 날아다닌다

야자나무에 매달린 코카투 새가
사람들 모임에 끼어든
용감한 나비가 부러운 듯
오묘한 소리를 내며 장단을 맞춘다

실내를 누비며 날고 있는 나비를 응시하며
나비의 동선에 눈을 맞추고 있는 사람들
하늘에 떠다니는 뭉게구름도 궁금한지
둥그런 눈을 뜨고 내려다본다

벽에 붙어서 하품을 하고 있던 도마뱀은

별일도 아니라는 듯
기다란 형광등에 기대어 앉아 있는
하루살이를 주시하고 있다

고양이 부부

오랜만에 고국에 돌아와
인사 올리러 찾아간 김포공원묘원 부모님 묘소
벚꽃나무 그늘 아래 들고양이 두 마리
서로 등을 기대어 졸고 있다

저 다정한 부부애
약과를 집어 줬더니 나눠 먹는 모습까지 다정하다
암수 고양이 눈매와 입매를
오래전 어디선가 본 듯하다

꽃나무 가지를 흔들며 와서는
부모님의 다정한 팔인 듯 목덜미를 감아 주는
따뜻한 바람과
수풀 속에 숨어 나직이 노래하는 풀벌레

절을 올리고 술을 붓고
묘소를 내려오다 뒤돌아볼 때까지
자리를 떠나지 않고
나를 내려다보는 고양이 부부

\>

어쩌면 저 고양이들은
이국에 살던 자식을 그리워하며
생전에 못다 한 정을 나누는
부모님의 환생일지도 모르겠다

뿐짝에서

유년 시절, 방학을 맞을 때면
충청도 하고도 그 먼 예산
시골 외가댁에 갔다

외숙모는 내게
쑥부쟁이 달인 물을
하루 세 번이나 마시게 했다

가을 길을 가다 만나는
목이 가늘고 긴 외숙모와 닮았던
보라색 꽃 더미

가난한 대장장이 딸이
배고픈 동생들 위해
쑥 캐러 다니다

그만 절벽 아래로 떨어져
죽은 자리에서 피어났다는
내 정서만큼 슬픈 꽃

\>

오늘은 고국의 가을을 생각나게 하는
자카르타 근교 뿐짝
식물원에 와서

어려서 어깨 통증이 자주 왔던 나와
살뜰히 챙겨 주던 몸매가 가늘었던 예산 시골집
외숙모를 오래 생각하였다

인왕산

아파트 뒤로 난
인왕산길 오르다 만난 억새
참 오랜만이다

칠순이 넘은 엄마는 흰머리를 하고
우리 집에 오실 때마다
이 산길을 오르내리셨다

외국에 나가 사느라
가을날 우는 억새를 오래 보지 못해
허전하고 서운한 마음

지금은 없는 엄마
이제 다시 볼 수 없어서
내 대신 울어 주는 억새

신갈나무가
가을 잎 한 장
툭! 내 발밑에 떨어진다

\>

엄마다

흰머리로

가끔 이 산길을 오르내리던

책갈피를 열다가

해외에서 잠시 돌아와
오래된 책장을 정리하다 만난
책갈피 사이 빛바랜 단풍잎 두 장

물기 없이 검붉은 색깔
책갈피 속 미라가 되어서도
헤어지기 싫은가 보다

서로 팔을 꼭 잡은 듯
악수를 한 채 미라가 된 채
마른 잎자루가 달라붙어 있다

여고 2학년 가을 교정 나무 벤치
책갈피에 단풍잎을 끼워 준
친구가 궁금하다

솔베이지 노래를 구슬프게 잘 불렀던
가는 손가락 끝 손톱에
봉숭아 물을 들이고 다녔던 친구

\>

시골 요양원으로 간다며
학교를 떠났던
얼굴이 달빛처럼 하얗던 아이

그 친구와 헤어진 후
수십 번 겨울과 봄과 여름이 가고
내 몸도 턱 밑 주름만큼 가을이 되었다

와양

구슬픈 달랑의 목소리에
지느러미 모양으로 흐느끼는 와양
이곳 전통 의상 바틱을 입고
슬픔에 빠진 여인을 연기한다

관객들 눈가에는 붉은 이슬이 맺히고
박수갈채와 함께
막을 내리는 와양극

온통 검은 천을 둘러놓은 무대처럼
네온사인도 꺼진 밤거리에

내 그림자를 따라 걷는 환한 달빛
어쩌면 우리네 인생도
운명이 조절하는 와양일지도 모른다는 생각

몸짓만 보아도 마음을 빼앗길 것 같은
인도네시아 민속 그림자 인형극
와양

\>

가죽을 잘라 만든 납작한 인형 뒤에 숨어
'달랑'이라 불리는 사람은
아름다운 노래와 목소리를 섞어
와양을 대신해 말을 한다

검은 막이 드리워진 무대 위에서
달랑의 손놀림에 맞춰
인간의 희로애락을 표현하는 와양을 향해
아무런 감정 없이 쏘아대던 조명

무궁화

적도에 살게 되면서부터
고국을 그리워하며 좋아하게 된
우리나라 꽃 무궁화

연한 분홍색 꽃잎 속에
실핏줄처럼 빨간
선명한 애국의 마음 일깨우는

새 아침이란 꽃말처럼
사람들이 깨어나지 않는
이른 새벽에 꽃을 피우고는 지는 꽃

새벽이면 끊임없이 새로운 꽃을 피워
아침에 만개하는
우리나라 꽃 무궁화

정오가 지나면 시들기 시작해
저녁이 되면 꽃잎을 완전히 접는다는
아침이면 다시 피어나는 꽃

\>

타국 땅에서 고국을 그리며
울타리 꽃이라는 전설을 지닌
무궁화를 생각하다가

오래전 독립운동을 하느라
중국에서 일본에서 이곳 인도네시아에서
이른 나이에 진 꽃들을 생각했다

열세 송이 꽃들에게

인도네시아 문우의 출판 기념식장에
함께 전시되는 대한 독립 열사와 위안부 사진전
이곳저곳에서 보내온 가득한 꽃송이들

화환을 보낸 사람들 이름을
대변이라도 하듯
꽃들은 활짝 웃으며 친근한 자태로 서 있다

낯선 이국땅 자바섬 남쪽
옛 위안소 시설 담벼락 곳곳에
한 맺힌 절규가 분홍색 꽃으로 피어 있던
암바라와의 열세 소녀를 떠올리니

깊은 슬픔과 우울이 몰려와
축하하는 일들조차 미안해진다

행사를 마치고 계단을 내려오면서
커다란 화환에 박혀 있는
열세 송이를 골라 집으로 가져왔다

\>

크리스털 꽃병에 물을 담아
꽃다발을 꽂고
메모지를 꺼내 이렇게 썼다

'꽃처럼 피어 보지도 못한
가여운 조선 소녀들이여
그대들이 지켜 낸 나라에 잘 살고 있어 미안합니다.'

지옥의 향 천국의 맛

내가 병명을 모르는
열대병에 걸려 시름시름 아플 땐
과일 시장에 간다

과일의 황제라 부르는
두리안을 만지면
뒤통수가 멋진 네 머리통을 만지듯
내 몸에 기운이 차오르고

나는 두리안에서
너에게서 맛보던 지옥의 향
천국의 맛을 본다

병명을 모르는 열대병의 근원은
너라는 지옥
너라는 향기

내 병의 근원
내 몸의 보양식은
너라는 지옥, 너라는 향기

부겐빌레아

열대 땅에 내리꽂는 태양 빛에
피가 말라붙어 꽃으로 환생하였다는
서럽도록 고운 자태 종이꽃

색은 붉어도 핏기 없는 살결
향기조차 잃어버린 붉은빛 미소
화려한 화장으로 아픔을 감추고 있다

인도네시아 자바섬 암바라와까지 끌려온
조선 위안부 소녀들에게
고향 집 봉선화가 되어 희망을 물들여 준

적도의 척박함 속에서
환한 거짓 웃음으로 고통을 감추는
스콜 비도 고요히 피해 가는 부겐빌레아

나무들의 연주회

적도의 석양이 가라앉는 시간
구름 위의 하늘은 잿빛 옷으로 갈아입고
곱게 무대 단장을 한
나무들의 연주회는 시작된다

열대 나무들이 모두 모여
큰 이파리 흥겹게 흔들며
오케스트라를 연주하는 저녁

나뭇잎들의 고운 합창이 울려 퍼지면
새벽이슬 같은 청아한 음률

넓은 대지 위에 황홀하게 펼쳐지는
바람과 나무들의 협연

공간을 초월한 하모니는
바람이 흔들릴 때마다
감미로운 목소리로
잠자던 옛 기억을 깨운다

삼월 봄날에

찬바람 접고 수정처럼 맑은 삼월의 하늘
봄꽃으로 으뜸인 매화는 피어나고
얼어붙은 땅의 무게로 짓눌렸던 햇빛이
따스하게 기지개 펴는 봄날이다

정겹게 다가오는 달래 냉이 쑥
알록달록 상큼한 봄나물에서
유년의 봄날에 도란도란 들려주던
살가운 이야기로 어머니를 만난다

여자는 몸이 차면 안 된다며
따뜻한 기를 불어넣는 쑥 나물에 왜간장을 넣어
쓱쓱 비벼 주던 그리운 어머니의 손맛

지금 내 앞에 머뭇거리는 삼월의 봄바람처럼
봄날에 느끼는 알싸한 향기는
설렘으로 행복하고 은혜로운 사랑을 알게 한다

내 마음을 차라하게 물들이 이 따뜻한 봄을
나도 모든 이들에게 나눠 주고 싶다

행복

어릴 적 어느 봄날
종다리 높이 떠도는 보리밭 위를
이리저리 뛰어다니며
아지랑이를 쫓아 헤매었다

잡힐 것처럼 가까이 있다가도
잡으려고 뛰어가면
달아나곤 했던
유년의 그 아지랑이

지금 돌이켜 보니
내가 잡으려고 했던 아지랑이는
내 옆에 있었고
내가 알아보지 못하는 동안에도
아지랑이는 오히려 나를 따라다녔다

멀리 있다고 생각했던 행복을 찾아
가슴앓이를 하고 있는 이 순간도
아지랑이 같은 행복은 내 주변에
머물고 있을 것이다

>

잡히지 않는 것들을 찾아
안개 속을 헤맨 것 같아
문득 서러움이 차고 든다

이제는 나도 모르게 내 옆에 있을
가슴 뛰도록 쫓아 헤매던
유년의 아지랑이 같은
행복을 찾아보아야겠다

제2부

아카시아 나무

아픈 사람들의 눈물을 닦아 주는
아카시아 나무
밝은 햇살 아래 작은 잎들 고이 말려
눈가의 작은 눈물까지 말끔히 닦아 주는

바람 좋은 어떤 날에는
사람들의 추억도
불러 모아 주는 나무

가위바위보 한 잎 두 잎 떼어 내며
변치 않을 사랑을 다짐하듯
예쁜 기억을 담아 주는 나무

나도 아카시아 그대 곁에서
아픈 사람들 눈물 닦아 주며
당신이라는 그늘에
행복하게 잠들고 싶은데

맛집 기행을 하다가

아랍어로 더운 달을 뜻한다는
이슬람 성월聖月인 라마단
국교가 이슬람인 인도네시아에서도
해마다 여름 무렵 라마단 단식이 시작된다

오랜 타국 생활을 마치고 한국에 돌아와
맛집 기행을 하면서 한국 음식을 즐기다가
문득 라마단에 금식하는 사람들이 떠올랐다

더운 계절 물 한 모금조차 금하며
가난한 사람들의 고통을 함께 깨닫고
자비와 인내를 실천하라는 청정한 메시지

어둠의 빛으로 낮의 태양을
더욱 빛나게 하는 찬란한 축복

어쩌면 라마단은 인간의 고통을 통해
자신의 욕심을 다스리며
금욕의 붓으로 완성하는
아름다운 대작일 거라는 생각을 하였다

불면의 밤에게

어둠아 그래 함께 가자
잠 못 이루는 서러운 밤에도
고단한 몸 부축이며
곁을 지켜 주는 애달픈 존재여

대신 고통은 주지 않기로 정하자
가슴 내려앉는 갈등으로
어려운 고비 넘을 때
서로 다독여 주기로 약속하자

계절이 변하고 세월이 흐르면
기억도 흐릿해지듯이
세월에 닳아서
이해의 농도가 옅어지더라도

지치고 바라보기 힘겨운 날이 오더라도
한 집 한 방에서
외로움 나누며
그냥 천천히 늙어 가자

강릉

진분홍 배롱나무 꽃향기가
열차 안까지 마중 나온 동해 바다
파도는 맨발로 다가와
왜 이제야 왔느냐고 수선스럽게 반긴다

세월에 실려 온 육신은 닳아 빠진 가죽 같고
뼈는 벌이 쑤셔 놓은 벌집 같은
안개처럼 흐릿한 눈을 비벼 뜨는데
달빛이 내려와 어깨를 포근히 감싸 준다

파도는 바람과 갈매기를 불러오고
수십 년 만에 만난 추억과 마주하며
어색한 악수를 나누는데
파도가 건넨 술잔으로 붉게 달아오른 얼굴이
조개 등처럼 굴곡지다는 생각을 했다

백사장을 오가는 수많은 사람들을 보며
우리 생의 모래시계는 어쩌면
빠르게 지워지고 사라져 가는 사칙연산 같은
그 자명한 이치가 문득 서럽다

>
잃어버린 꿈처럼
삶도 사랑도 무기력해져 버린 시간
어느새 파도는 바다를 끌어안고
숨 가쁜 사랑을 나누고 있다

해운정사

부산 해운대 빛축제에 다녀오면서
새해 소망을 빌어 보고자
학이 날아오르는 모습을 닮았다는
승학산을 감싸고 있는 해인정사

대웅전을 오르는 층계가 하도 높아서
옆에 있는 돌계단 모서리에 손을 얹었는데
나무에 앉았던 딱따구리
목탁 소리를 낸다

입구에 들어서니
가지런히 이름표를 달고 있는
연등 행렬이 환하게 웃으며 맞는다

대웅전 앞뜰에 마주 보고 있는 돌탑처럼
살아 있는 동안 선업을 쌓게 해 달라고
부처님 앞 108번 절을 하고 내려오는데

힘이 빠져 떨리는 내 다리를
가만히 보듬는 대웅전 햇살

매미

인왕산 마주하는 울창한 나무숲에서
아파트 벽을 무너뜨리듯
매미들이 하루 종일 합창하듯 뜨겁게 운다

어쩌면 우는 것이 아니라
도심의 건물이 답답하다고 땡볕에 숨어
시위하는지도 모른다

나는 매미들의 시위가
고향의 서정이 떠올라 반갑기 그지없다

어느새 이팝나무 나뭇잎들이
바람을 불러와 환성을 터뜨린다

매미가 뜨겁게 우는 신록의 6월
고국의 뜨거운 여름이 낯설지가 않다

오랜 세월 타국에 살아오면서
내가 나를 모르고 나도 나를 모르는
갈증으로 시달릴 때

매미처럼 울고 싶을 때가 있었다

아름다운 배려

비 그친 후 도심 건널목
행인들이 늪을 건너는 툰드라 사슴 떼처럼
젖은 건널목을 건너가고 있다

보행 신호등이 깜빡거리자
악어를 만난 듯
지나던 행인들의 발걸음이 빨라진다

빨간불이 들어올 때까지
길을 건너지 못한
체크무늬 옷을 입은 임산부 한 명

차량들이 횡단보도 정지선에서
경음도 울리지 않은 채
맑은 헤드라이트 눈으로 지켜보고 있다

저 아름다운 배려
천천히 길을 건너는
만삭의 여인 뒤로 무지개가 떠 있다

광안리 가는 길

따스한 햇살이 온몸을 감싸는 오월의 오후
부산 광안리 가는 길

오륙도 바다를 배경으로 사진도 한 컷
탁 트인 바다는 찾아온 사람들의 마음을
다 받아 주기에 바다라고 했던가

오륙도를 배경으로 포즈를 취하고 있는 사람이나
바다 쪽으로 카메라를 조준하고 선 사람들
모두 바다처럼 넓고 시원한 웃음이다

그러나 오늘도 광화문 광장에는
정치꾼들의 이기심으로
서울 시민들의 쉼터를 점령하고 있다는
오후 뉴스다

아름다운 꽃 같은 드넓은 바다 같은
그런 사람들만 간직하고픈 저녁
광안리 해변 가는 길

봄을 기다리며

찬 기운으로 온 대지를 얼어붙게 했던
이 겨울과도 곧 작별이겠다
사람들의 옷을 벗겼다 입혔다
그토록 변덕스럽던 당신

적도에서 온 손님을
매몰차게 맞이하고서
심장을 차갑게 얼려 놓고는
책임도 없이 떠날 준비를 하는 바람

그러나 찬 공기 속에도
은밀한 따스함을 전해서
긴 겨울 뒤에 숨었던 봄에게
환한 꽃을 피우게 할 것이다

나도 이제 따스한 햇빛을 등지고
겨울바람에게
잘 가라 손 흔들어야겠다
나만의 움을 틔우고 꽃을 피워야겠다

광화문

고국 땅에 돌아와
적도 나라로 떠나기 전
두고 간 거리를 홀로 걷는다

거리를 배회하던 나의 이십 대는
희미한 옛사랑의 기억과
흑백사진의 기억들을 바람에 싣고 와
내 귓가에 부지런히 들려준다

청춘의 아쉬움은 거리 곳곳에서
저마다 꽃잎으로 피었다가 지고
추억으로 흩어져 날리고 있다

향기 좋은 찻집이 있던 자리엔
지금 대형 서점이 들어서 있다
그곳에서 일하는 젊은 청년은 내게
무슨 책을 찾느냐고 묻는다

인생의 봄날도 머지않아

미처 떠나지 못한 겨울을 뒤로하고
내가 살고 있는 적도에 떠나갔다가
행여 나의 봄날이 기다리고 있을 것 같아
다시 돌아왔을 때

어느새 봄이 찾아와 꽃들은 만발하고
얼마 지나지 않아 벚꽃과 목련은
시든 꽃잎으로 떨어져 거리 곳곳을 뒹굴고 있다

화려했던 봄은 급하게 보따리를 싸며
떠날 채비를 서둘고 있다

그동안 기다려 온 신록의 계절은
녹색 옷으로 갈아입고
밝은 햇살로 반갑게 인사한다

나의 청춘을 고스란히 간직해 주던
고국의 봄은
이렇듯 수십 번을 왔다가 다시 떠났고

\>

그렇게 내 인생의 봄날도 머지않아
마른 꽃잎 되어 바람 따라 흩날리겠지

겨울 여행

눈발이 날리던 겨울 어느 날
섬 여행 후 바다를 가득 안고 돌아온 저녁

충무로 골목 어느 식당에서
문학회 회원들은 해초국을 먹고
나는 굴밥으로 저녁을 먹었다

우리는 말없이 자리에서 일어나
버스로 전철역으로 향했다

내가 탄 지하철은
잠깐씩 멈추다 이내 빠른 속도로 지나간다
우리의 삶도 이렇게 지나갈 것이다

시를 논하고 영원한 빛이 되리라던 약속
겨울 하늘 별처럼 쓸쓸히 떠 있다

또다시 이 겨울과도 작별을 하리라
설국처럼 펼쳐지던 12월의 눈처럼
아름다운 잎을 버리고 떨어지는 가을 낙엽처럼

>

이곳의 모든 것들은 그대로겠지만

나는 한동안 이곳을 떠나 있을 것이다

나의 인생 중 한 편의 파노라마

그래서 슬픈 것이 아니다

떠나며 살아야 하는 내 운명이 경이로운 것

먼 섬나라 더운 계절에서

가슴에 눈꽃처럼 새겨진

겨울 여행을 나는 또 그리워할 것이므로

청평사 오르는 길

사월의 눈부신 봄날
청평사 오르는 길
허전한 바람결에 흩날리는 꽃잎
정적만이 그윽하다

공주와 상사뱀의 슬프고도
아름다운 이야기는
더 이상 전설이 아니라고 연분홍 꽃이 되어
산자락마다 흐드러져 피어 있다

찰칵 찰칵 찍어대는
카메라의 빛 속에
천 년 그리움 잉태한
상사뱀도 환생한다

산기슭 작은 폭포를 이룬
공주의 눈물은
백 년으로 천 년으로 이어지는
아름다운 사랑의 샘물

>

시리도록 곱게 마음을 현혹하는

오봉산 청평사 오르는 길

경주 달밤

천 년 달빛 아래
동궁과 월지와 첨성대
야경 환하게 비추어 신비로움 더한다

새파랗게 서 있는 소나무들
추위에도 아랑곳없이
천 년 고도를 지키고 있다

월지 야경에 취해 걷다 보니
이 일 저 일 세상사
고도의 바람이 지나며 위로한다

깊어 가는 경주 달밤
은은하게 비추는 달빛 아래
멀리 사람들이 지나간다

제3부

선유도

20대 시절 동아리 여행을 가서
별과 문학과 젊음을
바다에 흠뻑 적셨던 섬

밤에는 흰 백사장에
내려온 수많은 별들과
시 낭송을 펼쳤던 곳

구부러진 백사장에 모래성 지어
묻어 놓았던 청춘
파도가 수없이 쓸어 가고 없다

우연히 들린
기념품 가게 구석
옛 사진으로 해후한 나의 청춘

그래도 청춘이 부럽지 않은 것은
내 남은 생 동안 빛나는 별이 되어 줄
온전한 추억을 가졌기 때문

대진항에서

높고 하얀 등탑이 올려다보이는
노랗게 익은 매실나무 옆 나무 평상
파랗게 펼쳐진 마차진 바다를 배경 삼아
김소월 시집을 읽는다

막연한 그리움을 쫓아 만나게 된 곳이
동해 최북단 대진항
방파제 끝 쪽 테트라포드에 부딪치는 파도를 보는데
춤을 추는 무희가 떠오른다

명태잡이로 황금기를 누리던 옛 시절은 간데없고
인적이 드문드문한 적막한 항구엔
빈 고깃배만 하품을 하고

낡은 몸을 움직여 청어와 정어리를 잡아 올리는
중년 어부의 표정이
그곳의 풍물이 쓸쓸하다

하얀색 등대가 있는
바닷가 풍경 유화

어쩌면 사람의 그리움이란 것이
바다와 등대 같다는 생각을 해 본다

동일한 수직면에 두 개의 등화를 설치해
일직선으로 보여 선박을 안전하게 유도하는 도등처럼
나를 온전한 나로서 비춰 주는 유일한 도시 자카르타
오늘은 그곳이 바다만큼 그립다

환경미화원

새벽길을 맑고 환하게 여는
하지만 그에게 화려함이란 찾아볼 수 없다
뼈만 남은 나뭇가지처럼 기다란 빗자루로
거리의 오물을 쓸어 모으는 사내

한 움큼 피어 있는 들풀처럼 바람에 흔들리며
어느 날은 마른 낙엽을 묻혀 오고
또 어떤 날은 폭설로 흘러내리는
고단함을 묻혀 돌아간다

거리를 장식하는 연두색 데커레이션
세상에서 가장 빛나는 작업복
저렇게 아름다운 옷을 일상에서는 찾아볼 수 없다

거리는 온통 오물로 휘날리는데
인도에 쌓여 가는 은행잎을 쓸어 모아
부지런히 운반용 수레에 담아 넣는 손길
묵묵히 도착한 청소 차량

거리를 맑게 닦는 그의 직업은

얼마나 아름다운가

빛나는 연두색의 뒷모습은

코코넛 껍질처럼

열대의 태양이 우려낸
붉은 커피를 마시며 생각했지
먼 적도의 나라 인도네시아에서
터를 잡고 산 인생의 절반을

가장 가까운 지기였던
슬픔과 그리움
병명도 없이 타들어 가던
불면과 두통

떠나온 사람들과 모임을 만들어
차를 마시고 밥을 먹고
바쁜 일개미처럼
자카르타 시내를 누비고 있으나

잡을 수 없는 인생의 그 무엇
그 무엇을 잡기 위해
수저로 떠먹고 버린 코코넛 껍질처럼
텅 빈 심장이 되어 버린 나

\>

인공심장을 달고 사는 듯
슬픔을 감지하는 장기 하나가 고장 나서
습관처럼 씹던
슬픔의 감각이 사라져 버렸지

적도의 석양처럼
내 인생은 이렇게 저물어 가고 있지

새벽부터 비가 내리고

공항에서 배웅을 마치고 돌아오던
텅 빈 길가
툭툭툭 차창을 노크하며
급하게 떨어지는 빗방울

마음도 희망도 다 풀어놓다가
주섬주섬 다시 가방에 움켜 넣고
쓸쓸히 빈 인사말만 남겨 놓았다

외로운 섬에 집을 짓기 위하여
늘 내가 떠났다 다시 돌아오는 곳
그 정지된 시간 속에
신기루처럼 머물다 간 추억

절망의 세상에 희망을 키우는 것은
기약 없이 기다리는 일
가슴에 비가 내리는 일

고독 같은 어둠을 덮고 잠들던 소파에서
홀로 꿈꾸다 일어나 보니

창밖에는

새벽부터 비가 내리고 있다

비문증

옛 문고판 책을 꺼내
책장을 넘기는데
활자가 움직이고
웬 검은 벌레가 눈앞에 어른거린다

인도네시아에 오래 살면서도
본 적이 없는 벌레를
손으로 잡으려 해도 잡히지 않고
아무리 쫓아가도 도망가지 않는다

책 보는 데만 그런 게 아닌 것 같아
전자 제품 설명서를 찾아
다시 읽어 보는데 마찬가지다

안과 상담을 했더니 비문증이란다
눈을 혹사한 노안 현상이어서
특별한 치료법이 없단다

요 며칠 눈이 침침하고 아프더니
이렇게 된 것이다

\>

하늘에 달이 두 개씩 떠 있다고
우스갯소리 하던
친구들 생각이 나서
나는 우울한 날들을 보내고 있다

비는 가슴으로

아파트 산책로에서
나와 가끔 마주칠 때면
열에 들뜬 열대의 꽃잎처럼 웃어 주던

언제나 이웃들에게
따뜻한 배려를 잊지 않았던

오늘은 그녀의 장례미사가 있었다

삶은 한 폭의 환상이라고
나에게 무언극으로 보여 주었다

그녀가 떠나고 나서
며칠 동안 열병을 앓았다

붉은 꽃이 핀
잎이 커다란 나무 아래를 산책할 때
말보다 웃음보다
침묵이 많았던 하얀 얼굴

>
우기가 지난 적도의 계절이건만
오랫동안 가슴에 비가 내렸다

장례식장에 다녀온 날

배웅객 하나 없다고 투정하는
쓸쓸한 이별처럼
요란한 비를 쏟으며 떠나는 적도의 우기에
나는 오랜 인연 하나 떠나보냈다

알맹이는 다 파먹고 껍질만 남은
열대의 코코넛처럼
텅 빈 슬픔만이
입안을 맴도는 허기진 언어로 내림굿을 한다

숨죽였던 울음 사이에 끼워 둔
고운 색깔의 기억들
아픈 속을 한 바퀴 휘돌아 나오다
그만 눈 속에 그렁그렁 맺히는 이름

맘 깊은 곳에 덜 삭혀진 발효 음식 같은
삶의 흔적 하나 묻어 버린 날
장송곡 부르듯 흔들리는 마음 문 닫고
가슴에다 부지런히 삽질을 한다

목련이 피었나 봅니다

사월 첫날 아침 일어나 보니
새날의 선물처럼
막 봉오리를 터뜨린
흰색 분홍색 목련 사진이 도착해 있네요

미처 겨울을 벗지 못한
봄을 뒤로하고
떠나온 고국 땅

인생은 한 편의 연극이라지만
메마른 바다 위에 떠 있는 섬처럼
숨죽여 흐느끼는 적막한 날들

고독으로 지쳐 있는 내 어깨 위에
봄소식 매달고 날아와
앉아 있는 한 마리 나비

희망의 편지를 전달해 줄 것만 같은
내가 떠나온 고국엔
이느딧 목련이 피었나 봅니다

바람이 찾아온 새벽

새벽녘 요란한 천둥소리에 잠이 깨어
덜컥 덜컥 창을 두드리는 소리에
나가 보았다

거실의 커다란 창문 밖
비를 흠뻑 맞은 바람이
손님처럼 찾아온 것이다

어젯밤까지
살랑살랑 부드러운 미풍으로
꽃들에게 잔잔한 호흡을 주던

적도의 나라 뜨거운 햇살에 지칠 때
목덜미와 가슴 안으로
아낌없이 불어왔던 바람이

가시 꽃

삼십 년 머뭇거리다 맞잡은 인연
마음 한쪽 모셔 놓고 조금씩 꺼내 보았다
수십 년을 함께 살아도
가늠할 수 없는 그 무엇

어느덧 봄 여름 가을 겨울
사계절이 수십 번 지나도록 채워지지 못한
언제부턴가 가슴에 침묵의 꽃이 피었다

인연은 하늘에서 바늘 하나 내려와
작은 바늘구멍에 실 하나 끼우는 것이라는데
가시 꽃이 피어 아프기만 하다

레이저로도 지울 수 없는

내 얼굴 왼쪽 볼 중앙에
새끼손톱만 한 반점이 있다
오래전 보육시설 봉사를 갔다가
뜨거운 기름이 튀었던 아찔한 흔적이다

피부과 의사 말로는 광레이저로
반점 부위를 10회 정도 쏘아 주면
서서히 사라질 것이라 했다

내 심장에는 또 하나의 반점이 있다
멀리 떠나와 살면서부터 솟아난
새살처럼 자라는 고국을 향한 그리움

레이저로도 지울 수 없는 흔적
나를 지탱하는 강한 에너지

제4부

달팽이를 보며

여름이 한창이던 청춘 시절
추동마을 농촌 봉사활동을 간 적이 있다

갈라진 논밭에 30도를 웃도는 뙤약볕에서
묵묵히 자신만의 속도로
씨앗을 일구고 자연을 가꾸는 사람들

생명을 지키기 위해서 골격도 없으면서
무거운 짐을 등에 지고 다니는 달팽이 같았다

지역 농산물 슬로푸드를 일구기 위해
달팽이 진액 같은 땀방울을 흘리던 사람들

아파트 산책길 물방울 머금은 풀잎 사이로
얼굴 내민 달팽이를 보면서
추동마을 기억이 났다

양쪽 더듬이를 치켜세워 꼬물꼬물 움직이는 모습
나도 모르게 발길을 멈추고
가만히 시시 바라보았다

반가운 손님

두 아들이 대학을 가기 위해 떠난 후
텅 비어 있는 방들은
외지에서 손님이 올 때면
머물다 가는 방으로 쓰였다

빈방에 남겨진 책들과 오래된 컴퓨터
입던 옷들과 빛바랜 스포츠 모자
창고 방이 된 두 아들의 방

대학을 졸업하고 몇 년 만에 찾아오는
작은아들을 기다리며
공항 마중 나가기 몇 시간 전
오래된 책들을 치우고 방을 청소한다

침대를 정리하고 커튼을 갈아 젖히다
가려진 창에 붙어 있던
어릴 적 두 아들의 사진을 만났다

사진 속 아이들 나이를 가늠해 보면서
혼자서 미소 지으며 빨라지는 발걸음

세상에서

가장 반가운 손님을 맞으러 가고 있다

오래된 그림

고즈넉한 적도의 오후
파리에서 유명한 화가의 전시회장에서
내 옆을 지키며 가만히 그림을 감상하는
남자의 얼굴을 본다

전시장 벽에 걸려 있는
진하게 채색된 커다란 수채화 작품에
오후의 석양이 비추어 묘한 조화를 이루고 있다

젊음의 빛은 사라지고
노을처럼 중년의 그늘이 자리한 남편에게도
고뇌가 많았을 것이다

전시회장을 한 바퀴 돌고
나오려는데
귓전에 울려 퍼지는 애틋한 선상의 마리아

돌아보니 남자의 얼굴에
석양으로 번지는
오래된 그림 한 점이 걸려 있었다

시간과 놀다

연휴를 맞아 바쁘게 허둥대던 시간을 데려와
천천히 방목해 둔다
1분에 60번씩 뛰어다니던 발목을 묶어 놓고
1분에 한 걸음씩만 풀어놓는다

바쁘게 지나치다 스쳤던 풍경
화려한 색채의 이름 모를 열대의 꽃들
모두 눈앞에 세워 두고 눈을 맞추며
낮 동안 재잘거리는 햇살의 수다도 들어 준다

길가 도로 위에 질주하는 자동차들과는
오늘은 절대 상종 않기로
정다운 햇살 무릎 베고 퍼질러 누워서
머리를 비운다

오늘은 스마트폰을 끄고
정답도록 오붓하게
날이 저물도록 시간과 놀아 준다

고국의 봄에게

멀리서 날아와
자카르타 도심의 아파트
내 방 창문을 두드리는

이름도 신비한 적도의 새 코카투야
구관조야
부겐빌레아 분홍 열매를 따 다오

깜보자 커다란 잎에 노란 꽃이 피었다
멋진 날개의 카나리아야
코코넛 열매를 따 다오

키 큰 야자수들이
스콜 바람에 이리저리 흔들린다
코카투야

비행기 날개 닮은 화식조야
벚꽃이 만발한 고국의 봄에게
나를 데려가 다오

비스트로 단상

바람결이 가늘다
꽃 같은 사람
사람 같은 꽃
인연으로 꽃밭이 되는
비스트로 정원의 오후

머금고 있음은 향기가 아니다
그리움을 뿜어내는
맑은 햇살
적도에서 내게 찾아온 봄

향기와 햇살을 줍는
봄날의 몸짓
나는 오늘 꽃이 되었다
꽃이 네가 되었다

프리다 칼로

멕시코 여류 화가 프리다 칼로 전시장
작품 속에서 환생한
화려한 꽃들의 축제가 한창이다

화가의 생애 중 가장 화려하고
강한 꽃으로 피어 있다
절망과 고통을 강렬한 화법으로 표현한
벅찬 감동과 충격의 파노라마

잔잔히 전시장을 적시는
여리고 슬픈 세레나데
각양각색의 찬란하고 붉은 색채는
저마다 그녀의 심장이라고 외치고 있다

고통을 예술로 승화시킨
그녀의 슬픈 자화상은
감상하는 사람들의 가슴에
붉은 꽃을 선사한다

촉촉한 빗물에 내려앉은 꽃잎 한 장

장애의 아픔과 고통도

한 편의 인생이라고 전하는

작은 메시지인지도 모른다

햇살 좋은 오후에

햇살 좋은 오후에
도심에 우뚝 솟아 있는 콘크리트 벽이
천근만근 공허로 다가오던 날

불면으로 지새운 눈꺼풀만큼
무거운 우울과 허전함을 안은 채
꿈나라로 잠시 여행을 떠났네

적도에서 피는 깜보자와
고국의 목련이 서로 손잡고
맑은 봄 속에 활짝 피어 나를 반겨 주었네

오래전 떠났던 반가운 얼굴들이 모여
환한 웃음꽃 피우고

근심의 보따리 풀어 살림을 차리려는데
톡톡톡!
황급히 나를 부르는 소리

눈을 떠 보니

따뜻한 햇살이 나를 바라보고 있네
내가 느끼지 못했을 때도
늘 내 곁에 있었다고

십일월

적도의 계절이라야 고작 건기와 우기
열대우림이 태양열에 지친 몸 흠뻑 젖고 싶어
대책 없이 지상에 물 폭탄을 쏟아붓는

건기라고 하기엔 너무 늦고
우기라고 하기엔 다소 이른
건기와 우기가 함께 몸을 섞는 달

고국의 가을이 생각나는
마지막 잎새의 마른 향이
바람 끝에 묻어올 것 같은

일 년 내 화려하게 핀 열대의 꽃들이
화려한 색의 잔치 접고
차분히 우기 손님 맞을 준비를 하는

진한 루왁 커피 향에 취해
산문보다는 시를 쓰고 싶은
적도의 십일월

낙엽 초대장

햇살 좋은 적도의 초록빛 들판
맑은 하늘 열린 풀밭 무대에서
단풍 옷 걸친 나무 시인은
청아한 음성으로
개울 물소리에 맞춰 시 낭송을 한다

잔잔한 하모니로 울려 퍼지는
가을 소야곡
바람 무용수의 멋진 왈츠에
새털구름도 가던 길 멈추고
슬며시 햇살 뒤에 숨어 감상에 젖는다

멀리서 온 가을 연주자가 펼치는
풍성한 축제에
어느새 낙엽 초대장 받은
그리움들이 도착해
공연장을 가득 채우고 있다

화양연화

20대 젊은 날 푸른 꿈을 꾸었지
새들이 자유롭게 날아다니는
파랗고 잔잔한 바다를 동경했고
따뜻한 사랑도 만났지

스물세 살
불면으로 지새우던 그해 봄날
개나리 벚꽃을 보며
내 심장은 봄꽃으로 물들었지
새들과 함께 청춘을 노래했지

내가 나를 잘 모를 때
나보다 나를 더 잘 아는
미래를 설계했던 사랑
머지않아 나는
세상을 잃은 듯 절망했지

세월은 흐르고
나는 추억의 땅에서 멀리 와 있고
희망과 절망이 수없이 교차했던 봄날들

\>

그 아련한 기억

나의 화양연화

적도의 테라스에서

곧 스콜이 쏟아지려나
야자수 키 큰 가지에 걸렸던 별과 달과
도심 아파트 저녁 불빛이
적도의 구름에 가렸다

아파트 테라스에 나와
수풀로 우거진 수천만 평 대지를
돌풍이 와서 정리하는 숲을
문장을 쓰기 좋게 만들어 놓는 흑판을 바라본다

바람의 악단에 맞춰 춤사위를 펼치는
나무들
나무들을 내려 보며
세상에서 가장 거칠고 아름다운 노래를 생각했다

검게 다져진 밤하늘을 잉크로 받아
코코넛 열매 깎아 만든 가느다란 펜으로
악보를 그리려다
'사랑에게' 이런 제목의 편지를 쓰려다 그만둔다

\>

이 칠흑의 밤보다 깊은 침묵을 이길 만한 문장은
세상에서 가장 위대한 언어
'사랑' 말고는 떠오르지 않아
밤하늘에 그냥 꾹꾹 눌러두기로 한다

스콜이 지나갈 때면

열대의 한낮을 먹구름이 접수하더니
세차게 빗줄기를 쏟아붓습니다
경황없는 콘크리트 빌딩들은
홀로코스트의 유대인들처럼
물 폭탄을 맞으며 굵은 눈물을 뚝뚝 흘립니다

스콜이 지나갈 때면 나도 이때다 싶어
웅장한 빗소리를 따라 울어 봅니다
젊은 나이에 고국을 떠나왔음이 서럽고
텁텁한 열대 나라에 기대어
체념하듯 살고 있음이 문득 서러워졌습니다

적도의 햇살이 강하게 타오를 때
더욱 세차게 물줄기를 쏟아 내는
스콜의 강인한 열정이 부러워졌습니다

오래 끓여 국물로 빠져나간 사골처럼
수액이 빠져나간 내 모습을 바라보는데
어느새 스콜은 지나가고

활짝 개인 적도의 하늘에서

무지갯빛 햇살을 내려 주고 있습니다

나는 전사처럼 살아 있다

코로나19로 집콕 하면서
오래 방치한 나와 자주 만났다
깊은 대화를 나누었다
어떤 협상 같았다

바쁘다는 핑계로 외면했던 내게
커피를 내려 주고
보이차를 끓여 주고
사과를 깎아 주고
복분자를 따라 주었다

내 안의 나를 놔두었던 시간들
내 안의 나는 나와 얘기하고 싶었지만
나는 외면했었다
그래서 나는 외로웠던 것이다

나 밖의 나와 얘기하기에 바빠
내 안의 나와 소통이 안돼
불면증을 얻었다
소화장애 약을 먹었다

삐꺽거리는 노사관계 같았다

코로나19로 일상이 달라지자
일상은 내게
침묵과 고요를 선사했다
외로움을 데려갔다

세상은 코로나19와 전쟁 중
나는 전쟁 속에서 전사처럼 살아 있다
내게 커피를 내려 주며
보이차를 끓여 주며
사과를 깎아 주며
복분자를 따라 주며

코로나19가 준 선물

코로나19가
전 세계 곳곳
장기 투숙 중이다

인도네시아는 델타 변이 바이러스 확산세
나는 자카르타로 돌아가지 못하고
두 번째 추석을
두 아들과 함께 보내고 있다
이것만은 코로나19가 준 선물이다

매년 타국에서 명절을 맞이할 때면
그리운 마음부터 한 상 차려야 했는데
올해 한국서 맞는 명절은
차례상 준비로
분주한 마음까지 한껏 신났다

창가에 걸터앉아
낮잠을 즐기던 햇살도
도로에서 귀성객들 격려하느라 바쁜 보름달도
즐거운 듯 미소 한가득이다

\>

명절날이면 음식을 나누어 먹던
자카르타 현지인 이웃들

경상도식 배추전이 맛있다고
엄지 척 올리던
인도네시아 이웃들을 떠올리니
음식을 나누지 못하는 마음 슴슴해진다

나는 자카르타에 부재중이다

코로나19 여파로
인도네시아를 떠나와 한국에서 생활한 지
두 해째
이십여 년 넘게 살아왔던 자카르타
나는 지금 그곳에서 부재중이다

네덜란드 시대 잔상과
웅장한 고층 건물
고대와 현대가 함께 공존하는 도시
날마다 확진자 숫자를 갱신하고 있다는 소식이다

인도네시아 정부의 강도 높은 방역 정책으로
비자가 중단되고
많은 공장이 문을 닫았다는 뉴스

귀가할 무렵이면
루왁 커피의 향에 이끌려
붉은 노을도 들르고
시간도 기대어 쉬어 가는 적도의 카페

\>
때때로 귓전을 맴도는 아잔 소리
이방인을 넉넉하게 안아 주던
친숙한 열대의 키 큰 야자수

아침이면 맑은 미소로 인사하던 깜보자
창가에 기대어 있을
손때 묻은 나의 책들은 잘 있는지
코로나에 닫혀 버린 시간들

지금 나는
자카르타에 부재중이다

어떤 동화

자카르타 중심가 한적한 주택 정원은
작은 동물들이 머무는 천사의 집
아픈 동물들을 따뜻하게 돌봐 주는
어린 천사가 있었다네

시름시름 앓고 있는 토끼
왼쪽 눈이 봉사인 병아리
한쪽 다리를 절고 있는 강아지
엄마 잃은 햄스터들

초등학생이던 어린 천사
작은 동물들에겐 키다리 아저씨
당근이며 배춧잎을 준비하는
나는 동물들의 주방 아줌마

세월이 흐른 후 어린 천사는
세계 곳곳의 소외된 사람들에게
따뜻한 희망을 전해 주는
UN의 어른 천사가 되었다네

국립의료원에서

매미들이 열심히 울던
칠월 하순
재인도네시아 대사관과 한인회의 배려로
일시 귀국자 백신 접종을 했다

오래된 국립의료원 건물
꼿꼿하게 잘 정돈된 흰색 병동과
체계 있고 친절한 의료진들
걱정과 염려 대신 신뢰와 안도감을 선사했다

역시 우리나라 최고
인도네시아 한인회도 최고
한국을 떠나 살았던 재외국민들까지
섬세하게 챙겨 주는 따뜻한 행정

대한민국 국민이라는 선명한 자부심
내 삶을 사랑하고
더 따뜻한 사람이 되어야겠다는 다짐을 한
감사와 자긍심으로 벅찼던 하루였다

마음이 먼저 웃다

코로나19가 와도 여전히
종종거리는 바쁜 일상
새로 들인 안마 매트에 전원을 꽂고
나른한 팔다리와 마음을 눕혔다

창문으로
인왕산 바위에 잠시 걸쳐 있던 바람이 오고
장식장 안에서
무료한 눈으로 졸고 있는
꽃무늬 화려한 머그 컵

그래! 호강 한번 해 보자
무더운 여름 날씨
무엇이든 입에 붙지 않는 계절
보이차 향이 텁텁한 입맛을 깨운다

청아한 산운이 전해 오는 듯
보이차에 근심마저 녹아내린 오후
잎이 피기 전

꽃이 먼저 피는 철쭉처럼

누워 있던 마음이 먼저 환하게 웃는다

코로나 안부

코로나 선별진료소가 곳곳에 자리한 서울 거리
문득 우체국 앞에서 발이 멈췄다
삶의 터전으로 돌아가지 못한 지
일 년 반이 넘어간다

올봄에는 인도네시아에서 각별했던
아파트 이웃의 부음을 들었고
또 얼마 전에는
아들 친구 아빠의 부음을 들었다

코로나는 그렇게
주변의 많은 사람들을 하늘나라로 데려갔다
보이지도 잡을 수도 없는
무채색의 바이러스
저승사자

우체국 안에는
외국행 우편물들이 쌓이고
내 안에는
묻지 못한 안부가 쌓여 간다

\>

무력과 상실감을 닮은
오후의 하늘
서울은 답답한 메탄가스만 뿜어내고 있다

갯마을 환상

코로나는 나를 이국에서 고국에 데려다
방 안에 가두었다
창작과 집안일
티브이에 일상을 묶어 두었다

요즘 내가 유일하게 보고 있는 드라마의 공간은
갯마을 공진
평범하지만 살가운 이야기
그래서 아름다운 사람들의 이야기
갓 잡아 올린 생선회처럼 싱싱하고 풋풋하다
청춘들의 사랑 케미도 짱!

한바탕 웃고 또 이별하며 사는 세상사
푸른 바다를 좋아했던
젊은 언니가 떠나고
몇 번의 우기가 지나도록 깊은 우울에 잠겼을 때
나는 바다에 간 적이 있다

갈매기 떼 지어 날아오르고
풍요로운 만선으로 닻을 내리는 어선

자연 냄새 물씬 풍기는 바다 마을에서
언니만큼 그리운 사람들과 정담 나누며
하루 종일 바다만 바라보다 온 적이 있다

갯마을 공진에 가고 싶다
평범하지만 살가운 이야기
그래서 아름다운 사람들의 이야기 속에 살고 싶다

자카르타에게

아! 자카르타
이십 몇 년을 그곳에서 깃들어 살았다

파란 적도의 하늘 아래
어느 날은 한국의 가을을 머리맡에 두고
어느 날은
작고 고운 고국의 꽃잎들
가슴에 묻고 살았다

깨끗한 운동장에
만국기가 휘날리던 가을 운동회와
고궁의 단풍이 아름답던 가을 소풍을 담고 살았다

흰 겨울 산을
바람을
적도의 태양을 닮은 노랗고 큰 해바라기에 담긴
온화하고 따뜻했던 고국을 그리워하며
적도의 하늘 아래 살았다

적도의 우기처럼

늘 젖어 있던 나
눈물 우표 붙여 자카르타에서
고국에 보냈던 편지

그러나 이젠 아니다
푸른 하늘과
붉은 적도의 태양과
화사한 꽃이 보고 싶다
스콜에 몸이 젖고 싶다

아이들이 다니던 한국학교와
외국인학교
성당과 그리고 카페가 있는 대형 백화점
인도네시아의 음식들
아시안게임이 열리던 운동장이 그립다

하늘이 폭포 같은 눈물을 쏟으며

여름과 가을 사이
웬 돌풍이다
비구름이 몰려오더니
천둥소리 요란하다
바람도 놀라 창을 두드린다
빗물이
자카르타 스콜처럼 쏟아진다

코로나19 바이러스 때문에
익숙하고 당연시했던 것들을 누리지 못하는 일상
방역 정책 준수
코로나 거리 두기로
소소한 일상의 소중함을 깨우치며 긍정하며
창밖을 내다본다

바이러스도 삼켜 버릴 듯
거센 빗물 퍼붓고 있다
자영업을 하는 친구
취업이 안 되는 청년
어려워진 이웃을 대신해 서러움인 듯

통곡인 듯 내린다

폭포 같은 빗물
하늘이 폭포 같은 눈물 쏟으며
또 한 여름이 간다
그래 부디 가거라 코로나19

내 사랑 인도네시아

이런 감동이라니

인도네시아 수도 자카르타
가장 높은 건물인 웨스틴자카르타호텔 건물 69층
대형 전광판에 대형 태극기가 걸렸다
거기다 애국가까지 울려 퍼졌다

한국 개천절 국경일을 기념해 주기 위해
한국 사회와 맺은 깊은 감사의 표시라는 것
웨스틴자카르타호텔이
전광판 밝은 돔으로 태극기를 빛내고 있다

내가 아는 곳
내가 가 본 곳
나는 그걸 텔레비전 국제 뉴스 영상으로 본다
한국에서
서울에서
서대문구 아파트에서
방 안에서
단톡방으로

\>
나는 코로나19가
자가격리가
복잡한 국경 통과 절차가 막아 가 보지 못하고
영상으로 본다
뉴스로 본다

웨스틴자카르타호텔의 한국 사랑
아니다, 인도네시아의 한류 사랑이
인도네시아인들의 사랑이 느껴져
내 몸이 뜨거워진다
인도네시아를 향한 엔도르핀이 발산된다

나의 가장 많은 외국 친구들이 사는
2억 7천만의 나라
내가 만든 한국 음식을 좋아하고
한류가 으뜸인
우리 가족과 10년을 함께한 수기 아저씨 여고생 딸이
아이돌그룹 공연 티켓을 사려고 줄 서는 나라

오, 인노네시아

그대가 자랑스럽다

인도네시아를 사랑한다

세상에서 내 식구들과 함께한 곳

내 사랑 인도네시아

해 설

적도의 노래에서 인도네시아 사랑으로

공광규(시인)

1.

지난 2018년 시집 『적도의 노래』를 낸 서미숙 시인은 충청남도 예산 출생으로 지난 1992년 《아시아문학》 해외문학공모전에 대상 수상을 하면서 문학 활동을 시작했다. 2020년에는 '재외동포문학상' 시 부문에 수상하는 저력을 보여 주었다. 산문집으로 『추억으로의 여행』과 『적도에서 산책』이 있다. 현재 한국문인협회 인도네시아지부 회장이다.

시인은 「시인의 말」에서 "강산도 변한다는 십 년 세월을 두 번이나 보내고도 몇 년을 더 인도네시아 자카르타에 터전을 두고 살았"는데, 코로나 팬데믹으로 "한국에 발이 묶이면서 두 나라에서 살아왔던 지난날의 기록을 꺼내 보"며 두 번째 시집을 묶었음을 밝히고 있다. 시인의 재외국 이주 생활은 적은 세월이 아니다. 한국에서 오랜 체류 기간도 뜻밖의 경험일 것이다.

그러기에 지난 첫 시집에 이어 3년 만에 만나는 시인의 두 번째 시집 원고를 읽어 가는 느낌은 남다를 수밖에 없다. 어떤 시적 변화가 있었는지 살펴보는 기회가 되기 때문이다. 시들을 일관하면서 느낀 점은, 지난 시집이 인도네시아 공간 안에서 한국의 유년과 추억을 그리워하는 시들이 다수였다면, 이번 시집은 거꾸로 한국에서 인도네시아의 생활 경험을 회고하는 시들이 다수 나타나고 있는 것을 확인할 수 있다. 또 코로나19 질병 제재가 새롭게 등장한 것과 애국애족의 시편들이 출현한 것도 이번 시집의 특징이라고 할 수 있다.

2.

서미숙 시의 가장 중요한 특징은 첫 시집에서 보여 준 인도네시아, 그리고 수도인 자카르타 생활 경험을 제재로 한 시들이다. 이번 시집이 이전 시집에서보다 양이 줄어들긴 했으나, 아직 다수의 인도네시아 제재 시들을 확인할 수 있었다. 아마 인생 대부분을 보낸 인도네시아 생활 경험과 추억을 쓰는 일은 수필이나 시 쓰기를 그만두지 않는 한 계속될 것이다.

유년 시절, 방학을 맞을 때면
충청도 하고도 그 먼 예산

시골 외가댁에 갔다

외숙모는 내게
쑥부쟁이 달인 물을
하루 세 번이나 마시게 했다

가을 길을 가다 만나는
목이 가늘고 긴 외숙모와 닮았던
보라색 꽃 더미

가난한 대장장이 딸이
배고픈 동생들 위해
쑥 캐러 다니다

그만 절벽 아래로 떨어져
죽은 자리에서 피어났다는
내 정서만큼 슬픈 꽃

오늘은 고국의 가을을 생각나게 하는
자카르타 근교 뿐짝
식물원에 와서

어려서 어깨 통증이 자주 왔던 나와
살뜰히 챙겨 주던 몸매가 가늘었던 예산 시골집

외숙모를 오래 생각하였다

—「뿐짝에서」 전문

한 사물은 다른 공간과 시간을 넘어 다른 한 사물을 연상
하게 한다. 동시에 한 색깔도 공간과 시간을 넘어 다른 한 색
깔을 연상하게 한다. 화자는 인도네시아 자카르타 근교 뿐
짝 식물원에서 경험한 꽃에서 유년 시절 한국에서 경험한 꽃
을 연상한다. 뿐짝에서 본 꽃은 쑥부쟁이일 수도 있지만 아
닐 수도 있다.

쑥부쟁이와 비슷한 유형의 식물이거나 비슷한 색깔의 꽃
일 것이다. 더하여 외가에서 본 쑥부쟁이의 기억과 함께 여
러 가지 경험이 따라온다. 몸이 쑥부쟁이처럼 가늘었던 외숙
모가 떠오르고, 몸이 가는 외숙모가 쑥부쟁이를 다려 먹여 주
던 사건도 생각난다. 꽃대가 가는 쑥부쟁이와 외숙모의 가는
몸, 몸이 가늘어서 슬픈 감정은 쑥부쟁이의 슬픈 민담을 통
해 더 슬프게 강조된다.

더구난 화자도 "내 정서만큼 슬픈 꽃"이라고 감정을 이입
한다. 자카르타 근교 뿐짝과 충청도 예산, 보라색 꽃과 보라
색 쑥부쟁이, 꽃대가 가는 쑥부쟁이와 몸이 가는 외숙모, 가
난한 대장장이 딸이 배고픈 동생을 위해 쑥을 캐러 다니다 죽
었다는 슬픈 내용의 민담과 화자 자신의 어떤 슬픈 감정이 절
묘하게 대응하며 한 편의 아름답고 슬픈 시가 창조된다. 아
래 시 「깜보자꽃」 역시 보기 드문 명품이다.

아파트 정원에 붉은 깜보자 꽃잎

외할머니 댁 시골 담장에 둘러서 있던

봉선화 생각이 난다

사과 과수원 한쪽 귀퉁이에서

부끄러운 듯 수줍은 입술로

방긋방긋 나를 맞아 주던

싸리 울타리 아래 줄지어 서 있던 너를

쪼그려 앉아 바라보다

떨어진 꽃잎을 고무신에 주워 담던

행여 비바람에 꺾일까

밤새 뒤척이던 마음을

늦게 온 애인처럼 너는 알았는지

귀뚜라미 밤새워 울던 날

빨갛게 연등을 켜고

서울내기인 나를 배웅하던 너

지금은 먼 나라로 떠나와

울타리 아래 서 있던 너를 생각하며

깜보자 꽃잎을 만지고 있다

—「깜보자꽃」 전문

앞에 인용한 시 「뽀짝에서」와 같은 구조다. 서미숙은 이런 회감 방식의 시에서 대개 시적 성공을 거둔다. 시에서 화자는 인도네시아 아파트 정원 깜보자꽃을 보면서 어린 시절 외할머니 댁 시골 담장에 둘러 피었던 봉선화를 연상한다. 한국에 깜보자꽃이 자생할 리가 없으니, 깜보자꽃의 붉은 색깔이 붉은 봉선화를 연상시켰을 것이다.

깜보자꽃을 만지며 봉선화를 한참 바라보다 고무신에 꽃잎을 주워 담던 유년의 경험을 떠올린 것이다. 시인은 이런 사건의 진술을 통해 '어린 시절에 경험한 동화적인 아름다움'을 구현하고 있다. 이렇게 시인이 현재 목도하는 사물이나 사건이 현재의 시간과 공간을 떠나 다른 사물과 사건을 연상하는 힘이 상상력이다.

상상력이 뛰어난 회감 방식의 이 시는 2020년 제22회 재외동포문학상 수상작이다. 심사평에서 신달자, 유자효, 정호승, 문태준 등 심사위원들은 서미숙의 이 시를 "완성도가 높은 작품"으로 언급하고 있다. 서미숙이 인도네시아에서 쓴 대부분의 시들은 이런 구성과 진술 방법을 보여 준다. 같은 구성 방식의 「반둥 소녀」와 「적도의 테라스에서」 역시 절창이다.

3.

시적 정보에 의하면, 시인은 이번 코로나19 세계적 대유행으로 한국에 발이 묶여 2년여 동안 장기 체류 중이다. 이번 체류 중에 쓴 시들은 많은 부분 코로나19를 제재로 한 시들이며, 시집의 후미에 거의 배치되었다. 최근의 시들은 앞의 시들과 진술 방식도 좀 달라 보인다. 이들 질병 제재와 달리, 시인이 한국에 입국해 쓴 이전 시편들 가운데 「고양이 부부」와 「인왕산」이 돋보인다.

오랜만에 고국에 돌아와
인사 올리러 찾아간 김포공원묘원 부모님 묘소
벚꽃나무 그늘 아래 들고양이 두 마리
서로 등을 기대어 졸고 있다

저 다정한 부부애
약과를 집어 줬더니 나눠 먹는 모습까지 다정하다
암수 고양이 눈매와 입매를
오래전 어디선가 본 듯하다

꽃나무 가지를 흔들며 와서는
부모님의 다정한 팔인 듯 목덜미를 감아 주는
따뜻한 바람과
수풀 속에 숨어 나직이 노래하는 풀벌레

절을 올리고 술을 붓고
묘소를 내려오다 뒤돌아볼 때까지
자리를 떠나지 않고

나를 내려다보는 고양이 부부

어쩌면 저 고양이들은
이국에 살던 자식을 그리워하며
생전에 못다 한 정을 나누는
부모님의 환생일지도 모르겠다

　　　　　　　　　　　—「고양이 부부」 전문

　　인간의 동물 환생담은 오래된 설화 구조다. 우리 민담에서
인간은 죽어서 고양이뿐만 아니라 개와 지렁이 등 여러 가지
동물로 태어난다. 이 시에서는 사람이 고양이로 태어난다.
부모님의 묘소를 찾아간 화자에게 고양이 부부로 환생하여
나타났을지도 모른다는 것이 주요 서사다. 화자는 고국에 일
시 귀국해 부모님 묘소를 찾아간다. 묘소 벚나무 아래서 졸
고 있는 암수 고양이 한 쌍. 다정한 부부애를 상징하듯 서로
등을 기대고 있다.
　　화자가 집어 주는 약과를 나누어 먹는 암수 고양이. 그런
데 나누어 먹는 모습이 다정하다. 화자는 고양이의 눈매와
입매를 어디선가 본 듯하다며, 부모님의 환생일지도 모른
다고 암시한다. 독자는 이 지점에서 암수 고양이가 부모님
의 환생이구나 하는 눈치를 채게 된다. 마침 꽃나무를 흔들
고 오는 봄바람이 부모님의 다정한 팔인 듯 화자의 목덜미를
감아 주고 있다.
　　고양이는 화자가 절을 올리고 술을 붓고, 묘소를 내려올

때까지 자리를 떠나지 않고 화자를 내려다보고 있다. 이국으로 떠날 때 보이지 않을 때까지 서서 배웅을 하던 부모님을 연상하게 한다. 결국 마지막 연에서 화자는 암수 고양이가 이국에서 자식을 그리워하며 생전에 나누지 못한 정을 나누는 부모님의 환생일지 모른다는 상상을 한다. 고국에 돌아와 부모님의 생전 모습을 그리워하는 마음이 다정한 암수 고양이를 통해, 또 부모님의 따뜻했던 기억을 훈훈한 봄바람이 목덜미를 감아 주는 것으로 묘사한다.

위에 인용한 시가 부모님을 그리워하는 마음을 표현한 시라면, 아래에 인용한 시는 어머니를 그리워하는 마음을 표현한 시다.

아파트 뒤로 난
인왕산길 오르다 만난 억새
참 오랜만이다

칠순이 넘은 엄마는 흰머리를 하고
우리 집에 오실 때마다
이 산길을 오르내리셨다

외국에 나가 사느라
가을날 우는 억새를 오래 보지 못해
허전하고 서운한 마음

지금은 없는 엄마

이제 다시 볼 수 없어서

내 대신 울어 주는 억새

신갈나무가

가을 잎 한 장

툭! 내 발밑에 떨어진다

엄마다

흰머리로

가끔 이 산길을 오르내리던

—「인왕산」 전문

가을날, 화자는 인왕산을 오른다. 어머니가 화자의 집에
올 때마다 오르내리던 길이다. 화자는 길가에 흰 억새를 발
견하게 되고, 억새의 흰 꽃에서 어머니의 흰 머리카락을 연
상한다. 화자는 외국에 나가 사느라 이 산길에 핀 억새를 오
래 보지 못했음을 아쉬워한다. 그리고 바람에 흔들리며 우는
소리를 내는 억새가 마치 엄마가 보고 싶은 화자 대신 울어
주는 것 같다고 한다.

화자는 마침 신갈나무 가을 잎이 발밑에 떨어지는 것을 신
갈나무 잎을 마치 흰머리를 하고 산길을 오르내리던 엄마의
기척으로 듣는다. 억새의 흰 꽃이 돌아가신 엄마의 흰머리를
상상하게 하고, 발밑에 떨어진 신갈나무의 기척을 엄마의 기

척으로 상상하는 구조의 시다.

다른 시 「책갈피를 열다가」는 해외에서 잠시 들어와 "오래된 책장을 정리하다"가 "책갈피 사이"에서 만난 빛바랜 단풍잎을 보고 어릴 적 친구를 생각해 내는 시다. 나뭇잎은 오래되어 마치 미라처럼 말라 있지만 잎자루는 어떤 인연처럼 달라붙어 있다. 화자는 이 마른 단풍잎에서 노래를 구슬프게 잘 불렀던, 얼굴이 달빛처럼 하얗게 아파서 요양원으로 간 친구를 생각한다. 마른 단풍잎이라는 매개를 통해 과거의 친구를 떠올린다.

4.

시집 '시인의 말'에 언급하고 있는 바, 시인에게 인도네시아 자카르타는 "고국을 떠나 오래 산 제2의 고향"이며, "젊은 날 대부분을 보낸" 타국이며, "따뜻했고 나름의 열정을 불사른" 곳이다. 화자는 세계적 질병 확산으로 이런 공간과 한동안 격리를 겪으면서 자카르타를 대상화하고 객관화하게 된다.

코로나19는 인류에게 많은 변화를 가져왔다. 변화에는 장단점이 존재한다. 시인에게도 마찬가지다. 코로나19는 시인에게 고국의 집에 오랜 시간 머물 수 있는 시간을 주었다. 집에 머무는 동안 화자는 자신에게 "커피를 내려 주며/ 부이차를 끓여 주며/ 사과를 깎아 주며/ 복분자를 따라 주"는 기회를 갖게 된다. 그러면서 "오래 방치한 나와 자주 만"나 "깊은 대화를 나누"(「나는 전사처럼 살았다」)는 시간을 갖게 된다.

또 코로나19는 "두 번째 추석을/ 두 아들과 함께 보내"는 뜻밖의 선물을 가져다주기도 한다. 이전의 "그리운 마음부터 한 상 차려야" 하는 타국에서 보내던 명절과는 사뭇 달랐다. 그리고 이미 시 「대진항에서」 자신을 "온전한 나로서 비춰 주는 유일한 도시 자카르타/ 오늘은 그곳이 바다만큼 그립다"고 진술한 시인은, 오랜 부재의 시간을 통해 자카르타에 대한 사랑을 확인하는 시간을 갖는다.

시인은 인도네시아와 수도 자카르타를 향한 여러 편의 애정 어린 시를 쏟아 낸다. 특히 「내 사랑 인도네시아」에서 자카르타에서 가장 높은 건물인 웨스틴자카르타호텔 건물 69층 대형 전광판에 대형 태극기가 걸리고 애국가가 울려 퍼졌다는 뉴스를 보고 한국에 대한 "인도네시아인들의 사랑이 느껴져/ 내 몸이 뜨거워진다/ 인도네시아를 향한 엔도르핀이 발산된다"고 표현한다.

아래 시 「자카르타에게」는 시인이 오랜 세월 깃들어 산 공간으로, 무한한 그리움과 구애를 표시하는 표제시다.

아! 자카르타
이십 몇 년을 그곳에서 깃들어 살았다

파란 적도의 하늘 아래
어느 날은 한국의 가을을 머리맡에 두고

어느 날은
작고 고운 고국의 꽃잎들
가슴에 묻고 살았다

깨끗한 운동장에
만국기가 휘날리던 가을 운동회와
고궁의 단풍이 아름답던 가을 소풍을 담고 살았다

흰 겨울 산을
바람을
적도의 태양을 닮은 노랗고 큰 해바라기에 담긴
온화하고 따뜻했던 고국을 그리워하며
적도의 하늘 아래 살았다

적도의 우기처럼
늘 젖어 있던 나
눈물 우표 붙여 자카르타에서
고국에 보냈던 편지

그러나 이젠 아니다
푸른 하늘과
붉은 적도의 태양과
화사한 꽃이 보고 싶다
스콜에 몸이 젖고 싶다

아이들이 다니던 한국학교와

외국인학교

성당과 그리고 카페가 있는 대형 백화점

인도네시아의 음식들

아시안게임이 열리던 운동장이 그립다

—「자카르타에게」전문

이십 몇 년을 자카르타에서 살 때 고국을 그리워한 공간과 사물과 사건을 속도감 있게 진술하고 있다. 늘 생각나던 고국의 하늘과 고국의 꽃잎들, 어린 시절 가을 운동회와 가을 소풍, 흰 겨울 산과 바람, 태양처럼 큰 해바라기와 온화한 기온들을 떠올리며 살았다고 한다. 적도의 우기처럼 늘 눈물에 젖어 살았다고 한다.

그러나 지금은 아니라는 것. 한국에 오랫동안 와 있으니 반대로 오랜 생활의 근거지였던 자카르타가 그립다는 것이다. 적도의 푸른 하늘과 적도의 태양과 적도의 화사한 꽃과 적도의 스콜이 그립다는 것이다. 아이들이 다니던 학교와 성당과 카페와 백화점, 그리고 인도네시아의 음식과 아시안게임이 열렸던 운동장이 그립다고 한다.

현재 공간과 사물이나 사건에서 연상되는 경험 속의 공간과 사물, 그리고 사건을 서로 다른 공간인 서울과 자카르타에서 교차하여 보여 주고 있다. 인간은 자기가 경험하지 않은 것은 연상하지 못한다. 오히려 상상도 경험에서 태어난다. 이런 연상과 상상은 대상에 대한 관심이고 그리움이며 사랑이다. 그러니 이 시는 자카르타에 대한 관심의 노래이고 그리움의 노래이며 사랑의 노래다.

시 「나는 자카르타에 부재중이다」에서 시인은 자신이 "네덜란드 시대 잔상과/ 웅장한 고층 건물/ 고대와 현대가 함께 공존하는 도시"인 자카르타에 질병 확진자 수가 늘어나고 있으며, 그곳으로부터 떠나와 그곳에 부재중임을 진술하고 있다. 자카르타가 "인도네시아 정부의 강도 높은 방역 정책으로/ 비자가 중단되고/ 많은 공장이 문을 닫았다는 뉴스"를 접하고 있다. 화자는 자신이 부재중인 그곳의 붉은 노을이 들르는 저녁의 "적도의 카페"를 생각하고, 키 큰 야자수와 아침마다 피어 인사하던 깜보자꽃, 손때 묻은 책들을 회상한다.

시 「코로나 안부」에서 자카르타와 오랜 부재 기간 동안 화자는 인도네시아에서 각별하게 지냈던 아파트 이웃의 부음을 듣고, 아들 친구 아빠의 부음을 듣는다. 우체국 앞에 서서 쌓여 있는 외국행 우편물들을 보고 자신의 안에 "묻지 못한 안부가 쌓여" 감을 확인하며 무력함과 상실감을 느끼기도 한다.

외국에 나가 살면 모두 애국자가 된다는 말이 있다. 애국과 민족은 진부한 가치가 아니다. 애국과 민족의 가치가 얼마나 중요한지는 나라가 없어지고 민족이 흩어져야 뼈저리게 느끼게 된다는 것을 역사와 경전들이 이야기해 준다. 서미숙의 시에도 국내에 살면 체감하기 어려운 애국심이 여러 편의 시에 간간이 나타나기도 한다.

이번 코로나19의 세계적 대유행을 통해서 많은 사람들이

국가의 중요성을 절감하고 있다. 국경을 봉쇄하거나 출입을 어렵게 통제하고, 백신을 확보하기 위해 국가 간 외교 노력을 기울이는 것을 보면 국가와 국력이 얼마나 중요한지 알 수 있다. 개인의 생명과 국가의 운명이 상관없다고 말할 수 없다.

시 「국립의료원에서」에서 시인은 "재인도네시아 대사관과 한인회의 배려로/ 일시 귀국자 백신 접종을" 한다. 일시 귀국한 이주자에게 접종의 어려움을 덜어 준 정부를 향해 "역시 우리나라 최고/ 인도네시아 한인회도 최고"라며 "재외국민들까지/ 섬세하게 챙겨 주는 따뜻한 행정"을 찬양하고 "대한민국 국민이라는 선명한 자부심"을 갖고 감사와 자긍심으로 벅차한다.

그러나 이미 서미숙은 시 「부겐빌레아」와 「열세 송이 꽃들에게」 「무궁화」를 통해 애국심을 표현했다. 「무궁화」에서는 "오래전 독립운동을 하느라/ 중국에서 일본에서 이곳 인도네시아에서/ 이른 나이에 진 꽃들을 생각했다"고 한다. 시 「열세 송이 꽃들에게」와 「부겐빌레아」에서는 일제 강점과 태평양 전쟁기에 인도네시아 자바섬 암바라와 위안소에서 "한맺힌 절규"를 하던 조선인 위안부를 추모하고 미안해한다.

5.

서미숙 시집의 시들을 찬찬히 살펴보았다. 앞에 언급했듯 지난 시집이 인도네시아 공간 안에서 한국을 그리워하거나 기억하는 시들이 다수였다면, 이번 시집은 한국에서 일상 경험을 형상한 시들이 많이 나타나고 있음을 확인하였다. 그럼에도 인도네시아에서 한국의 유년이나 청소년기를 회감하는 방식의 시들이 상당한 시적 성공을 거두고 있는 것을 발견하였다.

그리고 한국에 일시 귀국하거나 장기간 체류를 하면서 쓴 시들 가운데서는 부모님이나 옛 친구들을 회억하는 내용의 시들이 대부분 시적 성공을 거두고 있었다. 또 2년여 한국에서 체류의 시간을 거치면서 채취한 한국 현지 제재 시들이 많아지고 있지만, 여전히 오랫동안 생활 거주지였던 인도네시아를 긍정하고 사랑하고 그리워하는 시편들이 눈에 띄었다. 또 이전의 감상적 그리움과 사랑이 많이 침전되었다는 느낌이다.

코로나19 질병 제재를 시에 새롭게 등장시킨 것도 특징이다. 재외국 이주민인 시인 개인 입장에서도 주요 생활 근거지로부터 장기간 부재는 큰 사건일 것이다. 이 부재 경험을 통해 갖게 되는 인도네시아에 대한 회고와 인도네시아와 자카르타에 대한 전면적인 사랑의 찬가도 남다르다. 더불어 이주자들이 해외 경험을 통해 체득하고 내면화하게 되는 애국애족의 시편들도 몇몇 보인다.

결론적으로 서미숙 시에는 적도와 인도네시아와 자카르타, 그리고 대한민국에 대한 사랑과 애국애족 등 거대서사에서 부모님에 대한 그리움과 가족에 대한 사랑, 친구와 이웃에 대한 관심과 연민, 그리고 따뜻한 시선을 끊임없이 보여 준다. 이번 시집은 지난 첫 시집의 시들보다 제재 폭과 기법이 확장되었다. 뿐만 아니라 시행 행간에서 일상에 성심을 다하는 시인의 다감하고 따뜻한 면모가 아름답게 내비치기도 한다.

천년의시인선

0001 이재무 섣달 그믐
0002 김영현 겨울 바다
0003 배한봉 黑鳥
0004 김완하 길은 마을에 닿는다
0005 이재무 벌초
0006 노창선 섬
0007 박주택 꿈의 이동 건축
0008 문인수 화치는 산
0009 김완하 어둠만이 빛을 지킨다
0010 상희구 숟가락
0011 최승헌 이 거리는 자주 정전이 된다
0012 김영산 冬至
0013 이우걸 나를 운반해온 시간의 발자국이여
0014 임성한 점 하나
0015 박재연 쾌락의 뒷면
0016 김옥진 무덤새
0017 김신용 부빈다는 것
0018 최장락 와이키키 브라더스
0019 허의행 O그램의 시
0020 정수자 허공 우물
0021 김남호 링 위의 돼지
0022 이해웅 반성 없는 시
0023 윤정구 쥐똥나무가 좋아졌다
0024 고 철 고의적 구경
0025 장시우 섬강에서
0026 윤장규 언덕
0027 설태수 소리의 탑
0028 이시하 나쁜 시집
0029 이상복 허무의 집
0030 김민휴 구리종이 있는 학교
0031 최재영 루파나레라
0032 이종문 정말 꿈틀, 하지 뭐니
0033 구희문 얼굴
0034 박노정 눈물 공양
0035 서상만 그림자를 태우다
0036 이석구 커다란 위
0037 목영해 작고 하찮은 것에 대하여
0038 한길수 붉은 흉터가 있던 낙타의 생애처럼
0039 강현덕 안개는 그 상점 안에서 흘러나왔다
0040 손한옥 직설적, 아주 직설적인
0041 박소영 나날의 그물을 꿰매다
0042 차수경 물의 뿌리
0043 정국희 신발 뒷굽을 자르다
0044 임성한 이슬방울 사랑
0045 하명환 신新 브레인스토밍
0046 정태일 딴못
0047 강현국 달은 새벽 두 시의 감나무를 데리고
0048 석벽송 발원
0049 김환식 천년의 감옥
0050 김미옥 북쪽 강에서의 이별
0051 박상돈 꼴찌가 되자
0052 김미희 눈물을 수선하다
0053 석연경 독수리의 날들
0054 윤순영 겨울 낮잠
0055 박천순 달의 해변을 펼치다
0056 배수룡 새벽길 따라
0057 박애경 다시 곁에서
0058 김점복 걱정의 배후
0059 김란희 아름다운 명화
0060 백혜옥 노을의 시간
0061 강현주 붉은 아가미
0062 김수목 슬픔계량사전
0063 이돈배 카오스의 나침반
0064 송태한 퍼즐 맞추기
0065 김현주 저녁쌀 씻어 안칠 때
0066 금별뫼 바람의 자물쇠
0067 한명희 마른나무는 저기압에가깝다
0068 정관웅 바다색이 넘실거리는 길을 따라가면
0069 황선미 사람에게 배우다
0070 서성림 노을빛이 물든 강물
0071 유문식 쓸쓸한 설렘
0072 오광석 이계견문록
0073 길용귀 무청
0074 구회남 네바강의 노래

0075 박이현 비밀 하나가 생겨났는데

0076 서수자 아주 낮은 소리

0077 이영선 도시의 풍로초

0078 송달호 기도하듯 속삭이듯

0079 남정화 미안하다, 마음아

0080 김쩸마 길섶에 잠들고 싶다

0081 정외연 네팔상회

0082 김서희 뜬금없이

0083 장병천 불빛을 쏘다

0084 강애나 밤 별 마중

0085 김시림 물갈퀴가 돋아난

0086 정찬교 과달키비르강江 강물처럼

0087 안성길 민달팽이의 노래

0088 김숲 간이 웃는다

0089 최동희 풀밭의 철학

0090 서미숙 적도의 노래

0091 김진엽 꽃보다 먼저 꽃 속에

0092 김정경 골목의 날씨

0093 김연화 초록 나비

0094 이정임 섬광으로 지은 집

0095 김혜련 그때의 시간이 지금도 흘러간다

0096 서연우 빗소리가 길고양이처럼 지나간다

0097 정태춘 노독일처

0098 박순례 침묵이 풍경이 되는 시간

0099 김인석 피멍이 자수정 되어 새끼 몇을 품고 있다

0100 박산하 아무것도 묻지 않았다

0101 서성환 떠나고 사라져도

0102 김현조 당나귀를 만난 목화밭

0103 이돈권 희망을 사다

0104 천영애 무간을 건너다

0105 김충경 타임캡슐

0106 이정범 슬픔의 뿌리, 기쁨의 날개

0107 김익진 사람의 만남으로 하늘엔 구멍이 나고

0108 이선외 우리가 뿔을 가졌을 때

0109 서현진 작은 새를 위하여

0110 박인숙 침엽의 생존 방식

0111 전해윤 염치, 없다

0112 김정석 내가 나를 노려보는 동안

0113 김순애 발자국은 춥다

0114 유상열 그대가 문을 닫는 것이다

0115 박도열 가을이면 실종되고 싶다

0116 이광호 비 오는 날의 채점

0117 박애라 우월한 유전자

0118 오충 물에서 건진 태양

0119 임두고 그대에게 넝쿨지다

0120 황선미 길의 끝은 또 길이다

0121 박인정 입술에 피운 백일홍

0122 윤혜숙 손끝 체온이 그리운 날

0123 안창섭 내일처럼 비가 내리면

0124 김성렬 자화상

0125 서미숙 자카르타에게